이창미 시집

시작이 별스런
너에게

시작이 별스런 너에게

초판인쇄	2019년 9월 17일
초판발행	2019년 9월 23일

지은이	이창미
발행인	조현수
펴낸곳	도서출판 프로방스
마케팅	최관호 최문섭
IT 마케팅	신성웅
디자인 디렉터	오종국 Design CREO

ADD	경기도 고양시 일산동구 백석2동 1301-2
	넥스빌오피스텔 704호
전화	031-925-5366~7
팩스	031-925-5368
이메일	provence70@naver.com
등록번호	제2016-000126호
등록	2016년 06월 23일
ISBN	979-11-6480-012-4 03810

정가 13,800원

이창미 시집

시작이
별스런
너에게

P. 프로방스

"꽃은 그 자리에서 때를 기다리며 핀다"

잠시 떨어지더라도 바로 걸어주고 함께 매달리자 살다 보면 마음속 불안으로 힘없이 기운이 떨어질 때가 있다. 내면에 있는 무언가의 감정을 끄집어낸다는 것은 어쩌면 세상과 소통하고 싶은 건 아닐까? 누군가가 그 손을 잡아줄 때 늘어진 어깨에 힘이 되살아 날 테다.

다양한 감정을 가진 사람들 속에서 나타나는 여러 가지 현상이 때론 힘이 들 때도 때론 좋을 때도 있지 않은가? 어떠한 상황이 되더라고 마음을 알아봐 주고 안으로 품어주는 마음이 모여 잠시 쉬더라도, 잠시 뒤처지더라도, 잠시 떨어지더라도, 이탈한 그곳에 바로 걸어주고 함께 매달려주자. 그렇게 함께 향하는 마음으로 잡아주는 집게에 의존하며 부는 바람에도 한없이 몸을 맡기고 싶다.

무거운 책을 읽기가 싫을 때나 왠지 복잡한 것에서 벗어나 단순해지고 싶을 때 시집 한 권 손에 쥐면 어떨까? 뭔가 모를 감정이 생길 것이다. 아무것도 하기 싫어서 뒹굴뒹굴하다가 하나 끄집어내어 보고 다음 날 꺼내 읽어도 될 정도로 단순하게 읽히는 시다.

읽을 때 공감 가는 내용도 있고 재미난 것도 있다. 경쾌하고 신나게 하나같이 같은 마음으로 마주했다. 보는 동안 지루하지 않을 것이다. 어느 곳이든 잠시 쉬어가고, 언제라도 상상하고, 언제든지 찡할 때 안아주고, 나와 같은 마음으로 이 시를 읽어라. 가슴에 팍! 시가 박혔으면 한다. 이 시를 읽고 평범한 하루하루가 열리는 세상에 있는 모든 사물들이나 사람들을 유심히 관찰하고 특별하게 보고 나와 공감되는 생각이 자랐으면 좋겠다. 오늘도 괜찮은 하루이고 내일은 더 괜찮은 하루가 올 것이라 믿으면 미래는 항상 괜찮다. 꽃은 그 자리에서 때를 기다리며 핀다.

⫶ | 캘리그라퍼 소개 | Calligrapher profile

＊작가 소개 가나다 순

강경희   캘리그라퍼 / 보나
아티스트

권도연   캘리그라퍼

권영미   캘리그라퍼 / 목단

김성칠   캘리그라퍼 / 윤산

김영섭   캘리그라퍼 / 려송
삼성서울병원 기획실 수석

김윤희   캘리그라퍼 프리랜서
한국캘리그라피디자인협회 회원

미화담   캘리그라퍼 / 미화담
수채엽서캘리강사
바리스타

박종미   캘리그라퍼 / 미야
프리랜서

사 카   캘리그라퍼 / 사카
프리랜서

윤종만   캘리그라퍼 / 덕천

이경선   캘리그라퍼 / 솔빛

이송희   캘리그라퍼 프리랜서

임소연   캘리그라퍼 / 도래
동아리활동 강사
플로리스트

전부일   캘리그라퍼 / 초우
국민예술협회 초대작가

조지현   캘리그라퍼 / 늘찬
아티스트

주재홍   캘리그라퍼 / 여담
난임 연구원
한국캘리그라피센터 회원

최미정   캘리그라퍼 / 초이

홍성열   캘리그라퍼
그래픽 디자이너

황경희   캘리그라퍼 / 유채
프리랜서

황상용   캘리그라퍼

제2장

바람에 흔들려 꽃은 피고 지고

비야 그쳐다오
이제 그만 내 맘의 비도
그쳤으면 싶네

✳ chapter

01 | 그리움, 슬픔, 이별이 비가 되어

✽ | 그리움은 내 몫

겨울비에 떨어진 낙엽들
앙상한 가지에 몇 남지 않은
마른 갈색 잎 위로
내 사랑만 남아 있습니다

쓸쓸한 뒷모습으로
추억만 남기고 가버린 그를
가로등 불빛에 비춰 봅니다

사위에 누운 그림자로
보고픔에 흐느끼는 그리움은
내 몫이 되었습니다

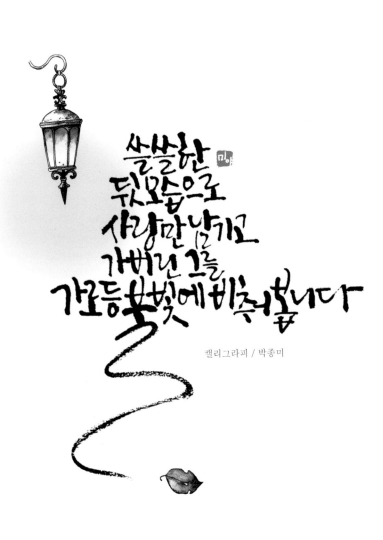

쓸쓸한
뒷모습으로
사랑만 남기고
가버린 그를
가로등 불빛에 비춰봅니다

캘리그라피 / 박종미

당신이
비가되어오시니
그리움이
뼛속까지
적셔지네

캘리그라피 / 김윤희

❀ | 비와 당신 사이

주룩주룩 가랑비는
창을 노크하고

비가 살짝 당신을 비추고
수줍게 도망갔다

주룩주룩 소낙비로
당신이 보고파 다시 왔구나

당신이 비가 되어 오시니
그리움이 뼛속까지 적셔지네

✽ | 그리워하겠습니다

마음이 허전해요

그대의 자리가 비어 있군요
그대의 사랑이 채워지지 않았군요

채우려 하지 않겠습니다
비워진 대로 그리워하겠습니다

비워진
대로
그래야 편안할
듯합니다

캘리그라피 / 박종미

캘리그라피 / 이송희

✿ | 파도에 길을 묻는다

이렇게 아픈 마음을
이렇게 아픈 슬픔을
어쩌란 말이냐

파도에 길을 묻지만
파도는 그저
철썩철썩 자기 몸을
때리기만 하네

어쩌란
말이냐
파도야
어쩌란
말이냐

✿ | 기억 속 뜨락

밤송이는 입을 열고
대추알은 주렁주렁
옛이야기 늘어놓고

마음을 곱씹으며
빛을 잃은 기억 속 뜨락
추억을 따라가며 그려본다

나도 그런데
너도 그렇지

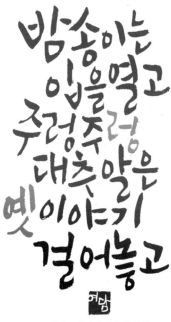

밤송이는
입을열고
주렁주렁
대추알은
옛 이야기
걸어놓고

여담

캘리그라피 / 여담 주재홍

오늘만
소주한잔
들이키면서

캘리그라피 / 초우 전신주

❋ | 이별

저 오늘부터 잠을 푹 잘 수 있겠습니다
축하해야 하나요
소주 한잔 사주세요
위로 말고요

쉬운 게 아니더라고요
마음 저려 안면 마비 오진 않았습니다
이미 상태 안 좋아 보여요

다시 마음 돌려서 집으로 갑니다
다리 뻗고 잘 수 있겠습니다
오늘만 소주 한잔 들이키면서

✿ | 눈물과 빗물

눈물이 흐르네
눈에 실금이 갔나 봐
마음을 부여잡아도

눈물이 안 멈춰
눈이 고장 났나 봐
마음을 놓아 보아도

비가 오잖아
참 다행이야
눈물은 비 때문이라고

참 다행이야
비가 오잖아

캘리그라피 / 김윤희

얼마나 숙성되었거래 농도가
이토록 진한가 열줄을 타고
타고흐르는 그것 오래묵혀
뽑아 냄기에 짠잔맛이 가미된
뜨거움이 열줄에서
길을따라 온몸으로
전해지는 그것
깊은곳에서 퍼올린
소리에 가늘게
내마음도 울은
진 다
하 염 없 이

캘리그라피 / 김윤희

❀ | 눈물

얼마나 숙성되었길래
농도가 이토록 진한가
얼굴을 타고 흐르는 그것

오래 묵혀 뽑아냈기에
짠맛이 가미된 뜨거움이
얼굴에서 길을 따라
온몸으로 전해지는 그것

깊은 곳에서 퍼 올린 소리에
가늘게 내 마음도 흐느낀다
하염없이

✿ | 오지 마라 해놓고

오지 마라 했다
그렇게 던지고는
창밖만 보고 있다

오지도 않는데
나는 창밖에 정지되어
시선이 떨어지지 않는다

그림자도 소식이 없다
이젠 돌아서야 한다

붙들기 위해
고정해 놓은 집게처럼

나는 오늘도 이렇게
창밖만 보고 있다

그림자는
소식이었다
이젠
돌아서야
한다

캘리그라피 / 홍성열

캘리그라피 / 유채 황경희

슬퍼지는 단어

외롭다
외롭다 외롭다

외롭다 외롭다
외롭다
외롭다 외롭다

✿ | 슬퍼지는 단어

굳어진 아픔에 흘린 눈물은
어느새 낙동강이 되어
고독에 잠겼다

외롭다 외롭다 말할수록
더 슬퍼지는 단어처럼 외롭다

슬프다 슬프다 말할수록
더 아파지는 눈물처럼 슬프다

✿ | 추억의 그림자

이별이란 슬픈 말로
눈물이 흐르고

사랑했던 추억 속 사람으로
눈물을 쏟아내고

복잡한 마음을 눈물로 씻어도
헹궈지지 않고 더욱 새겨지는
이 추억의 그림자

기억을 지우고 지워도
물건을 버리고 버려도
더 깊게 새겨집니다

복잡한 마음을
눈물로 씻어도
헹궈지지 않고
더욱 새겨지는
이 추억의
그림자

캘리그라피 / 유채 황경희

비는 왜
온갖
그리움과 슬픔을
데리고 오나요
그러니깐
왜
무겁지 않고
가벼우면
좋겠네요

윤산글씨

캘리그라피 / 윤산 김성칠

❀ | 비는 왜

비는 왜
온갖 그리움과 슬픔을
데리고 오나요

그러니까 왜

추락일지라도
낙하일지라도

무겁지 않고
가벼우면 좋겠네요

✾ | 그대 얼굴

내 온전히 너를 기다리는데
애절한 나의 노래가
들리시나요

그토록 미움에 사로잡혀
죽을 것 같았던 시간이
그대의 얼굴을 보는 순간
살아났어요

몇 초도 걸리지 않아요
넘어가는 숨이 돌아오기까지

그토록
미움에 사로잡혀
죽을것 같았던시간들이
그대의 얼굴을 보는 순간
살아났어요

캘리그라피 / 황상용

달콤한 보고싶음에
그대 스며들어
쓰디쓴 커피속에
그리움을 저어
마신다

캘리그라피 / 유채 황경희

✿ | 쓰디쓴 커피 한 잔

아침 햇살에 이끌려
커피 한 잔 들고 창가에 기댄다

커피에 비친 그대 얼굴을 보며
커피 향과 그대 향이 아침을 자극하고

달콤한 보고 싶음에 그대 스며들어
쓰디쓴 커피 속에 그리움을 저어 마신다

✿ | 이제 그만

비야 그쳐다오
이제 그만 내 맘의 비도
그쳤으면 싶네

비야 그쳐다오
이제 슬슬 짧은 미니 입고
입술 빨갛게 바르고
내 맘이 외출 나가라 하네

이제 그만
비야 그쳐다오
슬픔 들키지 않도록
향수도 뿌리고 나가고 싶네

비야
그치거라오
외로움
들키지 않도록
한숨도
뿌리고
나가고 싶네 [덕천]

캘리그라피 / 덕천 윤종만

꽃잎도 덩달아 바람과

눈 맞추려

바람 따라 흔들린다

✳

chapter

02

바람에 흔들려 꽃은 피고지고

❀ | 여름 단풍나무

여름 단풍나무
이렇게 더운 여름에
단풍나무 꽃 피웠다

단풍나무 바람났나
바람 따라 떠나는 속도위반

여름에 익어가는 씨앗으로
발갛게 발갛게 물들이고
바람에 흩날렸다

가을에만 아름다웠나
아니네 아니였네
여름 단풍나무
내 맘을 홀렸다

이렇게 더운 여름에
계절과 상관없는
너의 촉촉한 자태에
반해버렸다

나에게 온 단풍씨는
여름에도 아름답다.

캘리그라피 / 늘찬 조지현

세월이
흘러가길
어떻게
계속하는
흐르고
있는데

캘리그라피 / 려송 김영섭
일러스트 / 도래 임소연

✿ | 모래시계

나이를 세어 본들 무엇해
지금 이 시각이 세고 있는데

세월이 흘러간 걸 어떡해
계속 하루는 흐르고 있는데

세어 본 나이만큼 먹은 세월
치열한 사막에서 마음을 먹는다

✿ | 낙엽도 꽃

매달려야 꽃이냐

떨어진 낙엽도 꽃인 걸

바닥끝에
꽃이나
떨어진
낙엽도

길

캘리그라피 / 도래 임소연

가을을
터벅세운
그녀야
가을이지요

캘리그라피 / 미화담

✿ | 타는 가을

가을은 타야 하죠
그래야 가을이지요

하늘이 무거워
바닥까지 가라앉아요

바닥까지 떨어지는 것
나쁘지 않아요

가을을 태우세요
그래야 가을이지요

그래야 겨울을 넘기고
봄이 오지요

✿ | 너의 끝자락

너에게도
분명 밤은 길겠지
외로울 거야

추위가
더위가
슬픔이
외로움이
긴 밤이
피할 곳이 없을 때
너를 생각할 거야

구름이 어둠을 불러도
비가 시야를 가려도
나는 줄곧
너의 끝자락을 생각할 거야

구름,
구름을 불러도
비가 시내를
가려도 나는
줄곧 너의 끝자락을
서성할거야

캘리그라피 / 도래 임소연

봄

내듯한 꽃을 입고
꿀을 가득
빼어
채우고
유배래에와
꿀벌은
살아숨쉰다

무슬빗
김영섭

캘리그라피 / 려송 김영섭
일러스트 / 사카

✿ | 해바라기와 꿀벌

벌이하는 말
나에게 아낌없이 주는 너
꿀 담은 너 그 꿀로 나는 웃고
달콤한 향기에 떠나지를 못 하는구나

꽃이 하는 말
나에게 입맞춤을 주는 너
그 다정으로 나의 얼굴은
더 노랗게 하늘을 보는구나

뽐내듯 화사한 옷을 입고
꿀을 가득 배에 채우고
해바라기와 꿀벌은
살아 숨 쉰다

✿ | 드라이플라워

세월의 흔적으로
오랜 시간 긴 싸움으로
말라 버린 너

말라서 질긴 힘으로
매달려 있어도
더 말라 버릴 게 없는 나

더말라버릴게없는 나

캘리그라피 / 초이 최미정

죽음과 삶

그날도 그랬다
죽음앞에 살긴 살은 목 구
나비사알시! 한 전조로

캘리그라피 / 솔빛 이경선

✿ | 죽음과 삶

어둠의 그림자와 손을 잡은
순간적인 짧은 선택으로
운명을 도난당했다

타들어 가는 갈증 난 목마름에
한 몸 불사르고 내동댕이쳐진
쪼그라든 물병 하나가 가지런히
발밑에 누워있다

누워서 바라보던 하늘은
호통치며 벼락을 내리고
머리에 전율처럼 감전되어
파노라마 영상으로 스치는
나의 운명의 앞과 뒤

형체 없던 인생을 뒤집어
구멍을 낸 어둠을 튕겨버리고
흔적을 지우는 선택의 길이
꽃이 피고 나비를 불러들였다

나비가 암시하는 전조로
죽음 앞에 살고 싶은 욕구
그날도 그랬다

✽ | 그리움 한 자락

탱탱한 고무줄의 당김을 멈출 때
누워있던 솜털이 서서히 일어나 선다

가슴에 파고드는 느낌을 알아차릴 때
내 몸을 자극하고 가슴에 흔적만 남는다

내 가슴 심처에 자리 잡은
그리움 한 자락을 꺼내 드는데
스치고 간 그 흔적이 눈물 되어
그리움이 떼를 지어온다

그리움
한자락

캘리그라피 / 도래 임소연

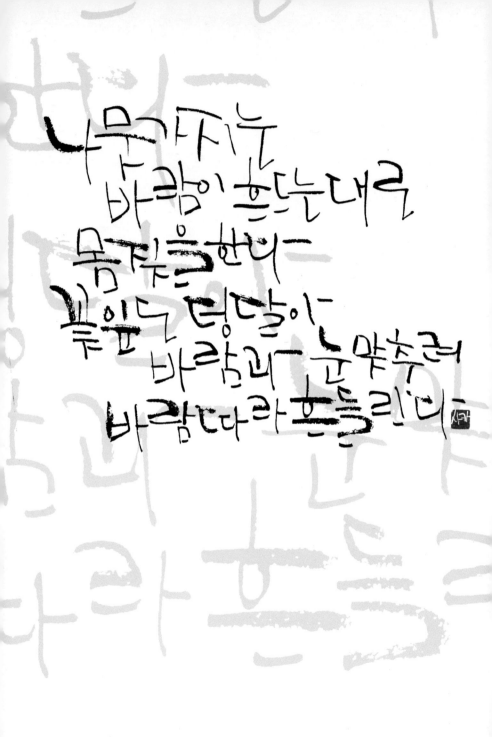

✿ | 바람에 흔들리지 않는 뿌리

나뭇가지는 바람이 흔드는 대로
몸짓을 한다
꽃잎도 덩달아 바람과 눈 맞추려
바람 따라 흔들린다

그 누가 그 무엇이
나의 몸과 눈에 콩깍지를 씌우더라도
바람에 흔들리지 않는 뿌리로
나무는 머문다

바람에 흔들려 낙엽 되어 떨어져도
바람에 메말라 헐벗은 나뭇가지로 남아도
바람 타고 하늘로 가지 뻗는 나무가 되리라

✿ | 젖은 손

어머니의 손은
언제 마른 적 있었냐

여전히 젖어 있구나
어머니 손이라서...

어머니의 손은
언제
마른적 있었냐
여전히
젖어 있구나

윤산쓰다　　캘리그라피 / 윤산 김성칠

✿ | 커피와 사랑이

나의 체온을
제일 많이 느낀 너

너의 체온을
제일 많이 품은 나

오늘도
너는 나를 느낀다

오늘도
나는 너를 마신다

우리는
향기와 온기로 연애한다

손의 감촉을 나의 가족을 제일 많이 느낀

캘리그라피 / 보나 강경희

낮에도 가고
밤에도 가고
⋮
가려거든
가거라
소리없이
멀리
가거
라

캘리그라피 / 려송 김영섭
일러스트 / 소담 임충한

✿ | 울지 않는 꽃

나비도 가고
벌도 가고
모두 떠나갔어도
꽃은 울지 않는다

항상 그 자리에서
계절이 바뀌어도
님을 기다릴 테니

가려거든 가거라
소리 없이 멀리 가거라
다시 올 님이기에

❀ | 손편지

아련한 그리움 솟게 하는 손편지

편지 한번 받아보기 힘든 지금
점점 악필이 되는 젊은 영혼들

우편함엔 고지서와 광고지로 채워지고
손편지 한 통 없는 꽉 찬 우편함

감동도 있고 웃음도 있고
행복 전해지는 손편지가
또로롱 우편함에 도착하던 그때

두성에서 마음까지 전달되던 사랑 전파음
추억이 새록새록 피어난다

어떤 환한 그리움 속에 글을 쓰게 하는 손편지 편지 한번 받아보기 힘들던지 금정 점점 약필이 되는 젊은이들

끝이 감동도 있고 웃음도 있고

에서 마음까지 전달되던 사랑

우편함엔 고지서와 광고지로 채워지고 손편지 한통 없는 꽉찬 우편함

행복 전해지는 손편지가 또르륵 우편함에 도착하던 그때 두성에서

전파 음추억이 새록새록 피어난다

캘리그라퍼 / 초이 최미정

흘러가더라도
하루인생에서
멈추지않으리

여담

캘리그라피 / 여담 주재홍

❀ | 하류 인생

술잔을 부딪치며
사랑을 노래 부르며
그리움 담아 마신다

몸이 타들어 가고
마음도 망가져서
술로 인생을 마셔본다

세월과 바람에 떠밀려
강물로 흘러가더라도
하류 인생
바닥에서 멈추지 않으리라

✿ | 어머니의 눈망울

멀리서 고향 소식 들려올 때면
동그랗게 껌뻑이던 어머니의 눈에는
금세라도 눈물이 쏟아질 듯 눈망울이 붉어졌다

고향에 대한 그리움이 쏟아질 때면
청춘을 다 바쳤어도 고단한 어둠은
노을 진 석양처럼 아쉬움으로 붉게 물들었다

고향에서 씨앗 뿌리던 설렘에
평생 추억 속 긴 터널 여행이
둥지 잃은 새끼 품은 어미 새 같다

간장 종지에 김 한 장도 꿀맛이었던
따뜻한 둥지의 시골밥상 그리워지고
날아든 편지에 고향 풍경과 냄새 가득하다

캘리그라피 / 솔빛 이경선

어머니의 눈망울이 붉어졌다.

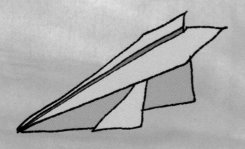

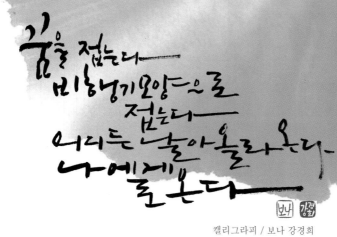

꿈을 접는다
비행기모양으로
접는다
어디든 날아올라온다
나에게로 온다

캘리그라피 / 보나 강경희

❋ | 비행기 모양으로 접는 꿈

꿈을 접는다
비행기 모양으로 접는다
마음으로 접어서 날려 보낸다
나에게로 온다

생생하게 상상하고 인내하면
꿈꾸던 현실은 시나브로 온다
나에게로 온다

내 시간을 나누어 주고
내 눈길로 접은 꿈은
어디든지 날아올라
하늘을 가져오고 구름도 가져온다
나에게로 온다

소망하지 않은 꿈은
한 번도 날지 못하고
허상으로 사라지니
접고 접어 날려보자
바람 타고 세상을 가져 온다
나에게로 온다

꿈을 접어도
비행기 모양으로 접는다
어디든지 날아올라 온다
나에게로 온다

물음표로
시작하여
쉼표로 쉬어
따옴표로 세우고
느낌표로
감탄하고
마침표를 찍는
인생이
그렇잖은가

일러스트 / 사카

✿ | 산다는 것

물음표로 시작하여
물음표로 끝내는
인생이 어딨느냐

물음표로 시작하여
쉼표로 쉬어가고
따옴표로 채우고
느낌표로 감탄하고
마침표를 찍는
인생이 그렇잖으냐

81

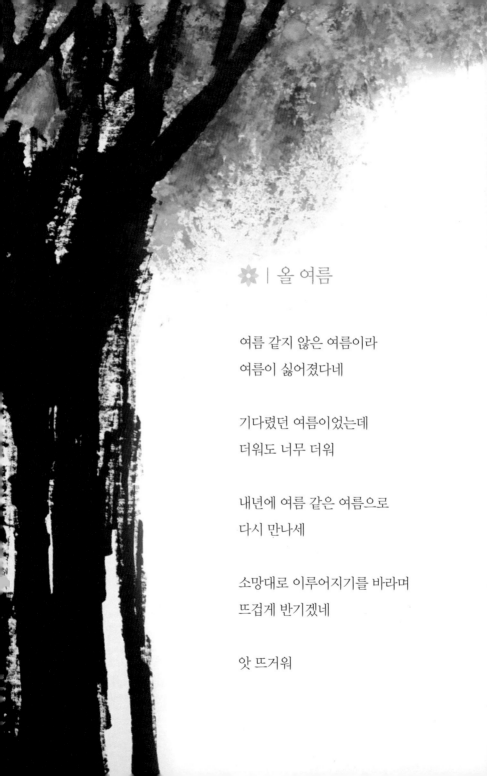

✿ | 올 여름

여름 같지 않은 여름이라
여름이 싫어졌다네

기다렸던 여름이었는데
더워도 너무 더워

내년에 여름 같은 여름으로
다시 만나세

소망대로 이루어지기를 바라며
뜨겁게 반기겠네

앗 뜨거워

앗 뜨거워

빡거렸네
뜨겁게

연옥으로
열흠으로

다시만나
네안에
열흠같은

싫음이됐더니
열흠이

앙응은모른다
열흠은갈치

너무거워
더워도
밀치었었는데
기다렸던

려송

캘리그라피 / 려송 김영섭
일러스트 / 소담 임충한

캘리그라피 / 윤산 김성철

커피 한잔의
마음은 녹으며
커피 두잔의
마음은 즐겁고
커피 세잔의
마음은 춤춘다

윤산 쓰다

✾ | 커피 사랑

커피 한 잔의 마음은 여유
커피 두 잔의 마음은 즐거움
커피 세 잔의 마음은 행복

예쁜 구두를 신었다가
머리에 하트 핀을 꼽고
님을 만날 준비로 바쁘다

화려한 머그잔인들
단순한 종이컵인들
님은 언제나 예쁘다

따뜻하게 피어오른 향기를
입술은 사랑으로 마신다
님은 언제나 사랑스럽다

커피 한 잔의 마음은 녹으며
커피 두 잔의 마음은 즐겁고
커피 세 잔의 마음은 춤춘다

✿ | 기다리게 해놓고

비가 온다는 소식이 옵니다
분명 온다고 하곤 오지 않습니다

님이 온다는 소식은 없습니다
분명 올 것같이 오지 않습니다

비도
님도
기다릴수록 오지 않습니다

바도
님도
기다릴수록
오지 않습니다

캘리그라피 / 여담 주재홍

꽃잎의 웃음에
덩달아
하얀미소
지으며
아름다운
꽃으로
너를마음
기억
합니다

캘리그라피 / 이송희

✿ | 작은 꽃송이 입맞춤

작은 꽃송이가
바람에 살랑거리며
춤을 춥니다

은은한 자태에 가시를 뾰족거리며
땅거미 짙게 내린 쓸쓸한 외길에
홀로 핀 작은 꽃송이
또 다른 내 친구가 됩니다

길게 드리운 향기는 메아리로 돌아오고
강렬한 색으로 매력이 물드니
붉은 입술에 몰입한 입맞춤 합니다

꽃잎의 웃음에 덩달아
하얀 미소 지으며
아름다운 꽃으로
내 마음에 기억합니다.

겉만 보고 꿈닫 하엿거늘 꾸미는 깍만 희고순수 하엿노라

캘리그라피 / 보나 강경희

✿ | 까마귀와 까치

까마귀 울 때
까치는 울지 않았노라

겉만 보고 검다 하였거늘
까마귀는 순수하였노라

까마귀 올 때
까치가 하얀 소식을 주지도 않았고
까치가 올 때
까마귀 까만 일도 생기지 않았노라

✿ | 나는 어디에

눈뜨면 매일 마주하는 당신
밤이 되어야 만나는 당신
지쳐 널브러져 잠이든 당신

당신 마음에
나는 살지 않았습니다

나는 어디에
나는 어디로

당신 마음에
나는 살지 않았습니다—

여담

캘리그라피 / 여담 주재홍

갸늘은 로 들어줍니다 우리의 노래한 밤 가락이

캘리그라피 / 황상용

✿ | 내 방

몸도 마음도 지친 날
목소리가 잠겨 슬프고
몸은 비명을 질러댑니다

내 방에서 위로받는 노래
가슴으로 들어 주는 방
노래 한 가닥이 울어줍니다

✿ | 꽃은 피고 지고

붙들고 있는 가지는
그동안 꽃 피우지 못해 부러졌지만
다른 가지에서 피운 꽃으로 봄이 왔다

잡은 가지를 놓지 않았다
꽃은 피고 지고
다시 시작이다

꽃은 피고 지고 다시 산다

캘리그라피 / 솔빛 이경선

사위에 누운 그림자로
보고픔에 흐느끼는 그리움은
내 몫이 되었습니다

✿

chapter

03

시작이 별스런 너에게

✿ | 가위바위보

가위
덜어낼 감정을 가위로 오리기

바위
욕심을 바위로 누르기

보
희망의 꿈을 보에 담기

바위
욕심을 바위로 누르기

가위
덜어썬 감정을 가위로 오리기

보
희망의 꿈을 보에 담기

캘리그라퍼 / 초이 최미정

지금
다시 시작하세요
시작하면
그때가
시작이에요

캘리그라피 / 늘찬 조지현

✿ | 공원 벤치

공원 벤치
누구나
아무나
앉아도 되는
의자입니다

먼저 접수되면
제 임무는 끝입니다
편히 쉬었다 가세요

고민하면 늦어집니다
한발 차이로 늦으셨나요

지금 다시 시작하세요
시작하면 그때가 시작이에요

공원 벤치
앉아요
앉아도 되는
의자입니다.

❀ | 선택 장애

하나만 열심히 하던
여러 가지를 열심히 하던

하고 싶으면 하던가
하고 싶은 것만 하던가

결정적인 것은
선택 장애라는 문제다

선하고 싶으면
하던가
태상애 하고
싶은것만
하던가

캘리그라피 / 목단소연 권영미

꿈 찾아 떠난 길
앞만 보고
가자~ 윤희

캘리그라피 / 김윤희

✼ | 꿈길

꿈 찾아 떠난 길
앞만 보고 가라

길 가다 멈추지 말고
뒤도 돌아보지 말고
불안해하지 말고
가려던 꿈길로 가라

눈이 있는 이유가
앞만 보고 가라는 것

길을 걷지 못할 리 없다
다리가 아프지도 않다
다리가 부러질 리 없다
꿈은 다리가 없으니

❀ | 온도를 높여라

온도 높게 구워진 도자기가
온도 낮게 구워진 도자기보다 강하다

두렵기만 한 실패
실패는 경험이었고
반복된 실패로 성공한다

위기를 기회로 만들어
다시 일어난 내가
단단하고 강해졌다

내가 뜨겁게 불태우니
세상도 뜨겁게 불타더라
강력한 덩어리로
나는 뜨겁게 불탄다

온도높게
구워진
도자기가
온도낮춘
도자기보다
강하다

캘리그라퍼 / 박종미

오늘 부딪힌
힘든
고난을
극복하면
내일 가볍게
인생
꽃길을
걸을테니까

캘리그라피 / 목단소연 권영미

✿ | 힘이 나는 고난

고난은 그대에게 축복을 주려고 온 것일 뿐
고난을 이겨내야 축복이 행복이란 걸 알기에
살아감을 더 즐기기 위함인 것을

오늘 어둡고 힘든 고난을 극복하면
내일 밝은 인생 꽃길을 걸을 테니깐

❀ | 행운은 행복 속에서 온다

원한다
바란다
집중한다
이룬다

항상 반성하고
항상 수정하고
항상 그 길을 간다

한계는 내가 만든 벽
알람은 나를 깨우고
나는 새벽을 깨운다

행운은 행복 속에서 온다
축복 기운 가득 안고
나는 너를 본다

캘리그라피 / 도래 임소연

토닥토닥

힘든건 아닌데
살아야하니
오늘도 행복한 하루로
늘 나를 돌아보게 하는
늘 나 자신을 격려하기
오늘부터 마음 바로 보기
토닥토닥

미야

캘리그라피 / 박종미

✿ | 마음 바라보기

힘든 건 아닌데
살아야 하니
토닥토닥

오늘도 행복한 하루로
늘 나를 돌아보게 하는
늘 나 자신을 격려하기

오늘부터 마음 바라보기
나를
토닥토닥

✿ | 청춘

세월이 가누나
옷을 입는다

세월이 가누나
옷을 벗는다

앙상한 몸이 드러난 나무
추레하게 주름진 나

나무의 청춘도 내 청춘도
세월이 아쉽구나

추워 웅크린 헐벗은 몸뚱이는
또 그렇게 겨울을 이겨내고

화려하게 피는 꽃으로
청춘은 다시 피어나리라

화려하게
피는 꽃으로
청춘은
다시피어
나리라

캘리그라피 / 미화담

✿ | 좋다

늘 좋다
그냥 좋다
너무 좋다
너라서 좋다

좋은 걸 어떡해

좋은걸
어떻게

캘리그라피 / 초이 최미정

내일이
오기전
오늘이제일
빠른날이에요

캘리그라퍼 / 보나 강경희

✿ | 오늘이

힘내세요
곧 갈 거래요
오늘이

기억해요
오늘을

오늘이 오기 전
오늘이 제일
빠른 날이에요

기다려요
곧 올 거래요
오늘이

❀ | 일

있어도 괴롭고
없어도 괴롭고

가질 수도 없고
버릴 수도 없고

이것은
둘 다 괴로우면서

그것은
둘 다 행복이다

있어도 괴롭고
없어도 괴롭고
가질 수도 없고
버릴 수도 없고
이것은
둘 다 괴로우
면서
그것은
둘 다 행복
이다

캘리그라피 / 유채 황경희

된다 된다 하면 되게 되더라—

캘리그라피 / 보나 강경희

✿ | 잘 될 수밖에 없다

한다 한다 하면
하게 되더라

된다 된다 하면
되게 되더라

잘 된다 잘 된다 하면
더 잘 되더라

❀ | 활짝 피어 봐

아침이 오는 길목에
추위 또한 자주 변덕을 부려도

성큼 다가온 듯
아침의 향기가 스며들긴 하여도

활짝 핀 하루
늘 새롭고 늘 활기차게
오늘도 문을 열고 큰 걸음 한다

오르막 내리막 힘들어도
움츠리지 말고 눈 동그랗게
어깨 쫙 펴고 땅을 울려 본다

부딪치기 싫어
꼬리 접지 말고 가 본다
활짝 피어 본다

오늘 하루 여정이
기쁨과 행복으로
활짝 웃을 수 있는 희망으로
햇살은 좋다

활짝 피어 봐

올 한 여정이
기쁜 행복으로
활짝
필 수 있는
희망의
햇살을
좋다

캘리그라피 / 미화담

하늘아
울지마
하늘아
그만울어

우리엄마가
그려졌어

캘리그라피 / 려송 김영섭
일러스트 / 소담 임충한

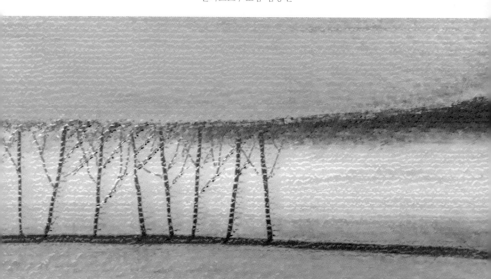

✿ | 하늘아 울지마

하늘아 울지마
하늘아 그만 울어

우리 엄마가 그러셨어

높은 하늘은
울어서는 안 된다고

울어도 울어도
소리죽여 울어야 한다고

✿ | 힘내

금방 죽을 것만 같지만
아직도 살아 있잖아
모든 것은 스쳐 지나는 열병 같아

아프니?
견뎌봐!

아픔은
내가 버틸 수 있는 만큼 오고 간단다

아프니
견뎌봐
아픔은
내가 버틸수
있는 만큼
오고
간단다
힘내

캘리그라피 / 목단소연 권영미

곱게 접어둔
가방 속 우산을
섭섭않게
두지라

캘리그라피 / 김윤희

가방 속 우산

고이 접어둔 가방 속 우산
심심하게 두지 마
슬픔이 내릴 때
너를 지켜 줄 거야

접은 우산을 펼쳐 봐
접혔던 주름이 펴지고
더 젖지 않을 거야

✽ | 369 관계

3번 만나면
관심이 생기고

6번 만나면
마음이 열리고

9번 만나면
사랑이 생긴다

3번 싸우면
거리가 보이고

6번 싸우면
미움이 생기고

9번 싸우면
이별을 준비한다

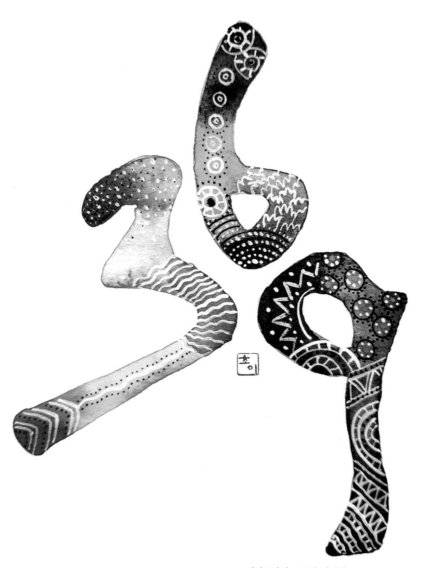

캘리그라퍼 / 초이 최미정

재미있고 힘들때
인내가 필요해
성취하면 그 만큼 뿌듯해

이천십팔년 시월에 려송

캘리그라피 / 려송 김영섭
일러스트 / 사카

✿ | 열매

재미없고 힘들 때
인내가 필요해

성취하면
그만큼 뿌듯해

✿ | 배신

오늘도 배신했다
배신당한 노력에
미안하다

내가 노력을 배신할 뿐
노력은 날 항상 기다려

캘리그라퍼 / 김윤희

필요한 마음이며
지켜야할 마음이며 한
마음이 새겨야 할
마음이다

캘리그라피 / 황상용

❀ | 세 개의 심

한 개 초심
두 개 열심
세 개 뒷심

열심과 뒷심은
초심에 붙어 다닌다
으뜸은 초심

세 개의 심은
필요한 마음이며
지켜야 할 마음이고
새겨야 할 마음이다

✿ | 영화와 팝콘

제일 먼저 나를 반기는 너
톡톡 튀는 너
나는 너의 냄새에 유혹당한다

알갱이들과 모여 앉아
달콤함을 맛본다

소곤소곤
팝콘 따로
영화 따로

소리 안 나는 과자인 너
지루함을 덜어주는 너

팝콘과 영화는
환상 콤비다
찰떡궁합이구나

소곤소곤
팝콘대로
영화
따유

캘리그라피 / 홍성열

✿ | 고장 난 온도

하늘은 화가 잔뜩 났다
빨갛게 적신호를 켰다

뜨거운 열기를 내뿜는다
꺼지지 않는 드라이기다

지구의 고장 난 온도는
끌 수 없는 전기장판이다

하늘은 화가 잔뜩 났다
빨갛게 적신호를 켰다
뜨거운 열기를
내뿜는데
꺼지지 않는
프라이기
다

캘리그라피 / 김윤희

렁말

꾸준히글을쓰게되었다
어느날아픔으로접하게된두드러
평범한일상의직장인엄마였는데

진짜

가슴벅찬회열과응원이오던날
쓰고지우며또쓰는열정속에
매끈깔지못한투박한글을

느낌

뭔가홀린듯한신비함이감돌았다
저밑심장에서꿈틀대고
어릴적끙끙거려가슴묻었던소망

결심

내인생의여백을글로채우고싶다
내떨쳐낸용기와희망으로
가슴충만한마음으로무료함을

허참

인생과삶이바뀌게되더라
다진마음에그만썼을뿐인데
글쟁이길을걷겠다는

캘리그라퍼 / 초이 최미정

❀ | 글만 썼을 뿐인데

정말,
평범한 일상의 직장인 엄마였는데
어느 날 아픔을 접하게 된 뒤로
꾸준히 글을 쓰게 되었다

진짜,
매끄럽지 못한 투박한 글을
쓰고 지우며 또 쓰는 열정 속에
가슴 벅찬 희열과 응원이 오던 날

느낌,
어릴 적 꿈꾸며 가슴속 묻었던 소망
저 밑 심장에서 꿈틀대고
뭔가 홀린 듯한 신비함이 감돌았다

결심,
가슴 충만한 마음으로 무료함을
떨쳐낸 용기와 희망으로
내 인생의 여백을 글로 채우고 싶다

허 참,
글쟁이 길을 걷겠다는
다진 마음에 글만 썼을 뿐인데
인생과 삶이 바뀌게 되더라

❀ | 시작이 별스런 너에게

쓸까 말까 망설일 때 써라
할까 말까 복잡할 때 해라
갈까 말까 고민될 때 가라

쓸 걸 그랬어
할 걸 그랬어
갈 걸 그랬어

시작하고 후회해라

시작이 없는 한 핑계만 있다
다음만 하면 다음은 없다
이미 때는 늦다

시작하고
후회하라
시작이 없는 한
핑계만
있다

캘리그라피 / 목단소연 권영미

너무 깊은 흔적을
지독한 사랑을 한 것 또한
행복이라며 포장한다

●

✿ chapter

04

사 랑 표 현 만 다 를 뿐

✿ | 눈길

사랑 주고 있다는
신호를 보내주세요

눈을 떼지 못할 정도로
용광로 같은 눈빛으로

사랑받고 있다는
눈길을 보고 싶어요

사랑주고 있다는
신호를 보내주세요

사랑 받고 있다는
눈길을 보고싶어요

눈을 떼지 못할 정도로
용광로 같은 눈빛으로

여담

갤러리 그대와 / 다음 주제용

그녀는 왜 몰라주나

캘리그라피 / 초우 전신주

✿ | 그녀는 왜 몰라주나

마음속으로 외치던
계속된 사랑 표현을
용기 내서 꺼냈건만
그녀는 눈치 못 채

사과도 잘 못 하고
대화도 잘 못 하고
표현도 잘 못 하고

사랑한다고 외치는데
표현해주지 않을 때
기다려야만 하나

그녀는 왜 몰라주나
모자라나 내 사랑이
그럴 때 헤어짐을 준비해야하나

✿ | 사랑할 때

이제 안 할 게
내가 실수했어
정말 미안해

내가 고칠 게
내가 맞출 게
내가 노력할 게

고마워
좋아해
사랑해
내 마음은 이거야

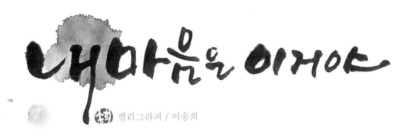

내마음은 이거야

캘리그라피 / 이송희

✿ | 사랑이란

하나의 씨앗으로 시작되고
생명의 혼을 담아 물을 주며
햇빛과 비 그리고 바람에서 싹이 트고
미소와 사랑으로 비로소 꽃이 핀다

사랑이란
너에게 사랑이란
사랑은 그냥 이겠나

사랑이란
사랑은 그냥
하나의 씨앗으로 시작되고
씨앗으로 생명의
혼을 담아 물을 주며
비와 눈과 바람에서
돌봐주고 아끼고
관심을 줬을때
싹이튼다

여담

캘리그라피 / 여담 주재홍

지옥한 사랑

캘리그라피 / 솔빛 이경선

✿ | 지독한 사랑

마음이 흔들린 적 없는데
배고플 때 마음을 비집고 들어오면
흔들린다

너무 깊은 흔적을
지독한 사랑을 한 것 또한
행복이라며 포장한다

시작은 그러한데
끝은 그러해도
사랑으로 살아낸다

✿ | 시들기 전에

사랑이 시작될 때
활기 있고 기분 좋고
미소 띠고 건강하고

사랑이 끝나갈 때
기운 없고 화가 나고
미소 잃고 아프다

사랑은
노력이 수반되는 것임을
시들기 전에

시들기 전에 사랑은

려이 수반되는 것임을

일러스트 / 사카

당신이
함께라면 좋아
당신이 좋아

캘리그라피 / 보나 강경희

✿ | 당신이 좋아

비가 내려도
바람 불어도
당신이 함께라면
당신이 좋아

마음 주어 하나 되니
사랑 커가는 느낌
행복도 늘어나서
당신이 좋아

나는 좋아
당신이 좋아

✿ | 그건 사랑

함께 있는 것만으로도 설레고
좋아 죽을 것 같은 그 사람

매일 같이 있고 싶디고
매일 보고 싶다고
얘기하는 그 사람

이글거리며 뜨겁게 타올라
밤을 하얗게 보내는
바로 그건 사랑입니다

밤을 하얗게 보내는 바로 그건 사랑입니다

일러스트 / 사카

내
기억에
추억은
다른말로
사랑
입니다

캘리그라피 / 미화담

❋ | 추억의 다른 말 사랑

내 기억에 추억은
따사로운 낭만입니다

벚꽃이 흐드러지게 피어있는
배경 속 봄

강렬하게 이글거리는 태양 아래
바다 속 여름

코스모스 하늘거리던 파란
하늘빛 가을

시골 굴뚝에 연기 나던 저녁
밥 때 알리는 겨울

내 기억에 추억은
다른 말로 사랑입니다

✿ | 사랑해

어색한 말
사랑해

부끄러운 말
사랑해

듣기 좋은 말
사랑해

계속 듣고 싶은 말
사랑해

하면 할수록 크는 말
사랑해

하면 할수록 사랑스러운 말
사랑해
사랑해요
사랑합니다

그러면 할수록 크는 말

사랑해
사랑해요
사랑합니다

캘리그라피 / 보나 강경희

너의 아름다운
자태를 훔쳐볼뿐

캘리그라피 / 목단소연 권영미

✿ | 영혼의 사랑

악마의 은밀한 속삭임에
사랑이 연기되어 흩날렸소

나는 구멍 난 잎사귀 사이로
너의 아름다운 자태를 훔쳐볼 뿐
꽃을 꺾지 않겠소

캘리그라피 / 도래 임소연

✿ | 사랑이란

사랑이란
질투가 오해가 되어
시행착오로 알아가는 것

사랑이란
집착이 미망이 되어
전쟁을 일으키는 것

사랑하는 모습만 보아도 그림이고
사랑이란 두 글자만 봐도 심장이 뛰는 거야

❀ | 사랑표현만 다를 뿐

좋아한다고
문자를 보내지만

좋아한다고
문자 오지 않는다고

사랑하지 않네
그건 너의 방식이야

사랑표현만 다를 뿐
사랑이 의심스러우면
말을 해줘

사랑이
의심스러우면
말을해줘 [덕천]

캘리그라피 / 덕천 윤종만

시신은 짧고
시연은 길다

캘리그라피 / 도래 임소연

❋ | 그때

모든 것 걸었던 그때
나의 순간 모든 의미가
한 사람으로 가득 찼던 그때
그대 사랑하는 범위가
생각만으로 달콤했던 그때

그대 생각 스칠 때면
그대는 다시 만날 수 있어도
그때는 다시 돌아갈 수 없어서
시간은 짧고 여운은 길다

✿ | 누군가의 한마디

사랑하는 마음이
미워하는 마음으로
혼란스럽게 마주한다

아껴두었던 사랑하는 마음을
당신으로 비어있던 그 자리에
불타는 감정을 압정으로 붙인다

누군가의 한마디가
채우고 싶은 목마름에
송곳처럼 마음을 찌르고
돋보일 필요한 자리에서
당신은 마음을 적신다

사랑하는 마음 고백이
드러나는 선명한 색으로
더 사랑스럽게 눈 맞춘다

사랑하는
마음고백이
드러나는
선명한색으로
더사랑스럽게
눈맞춘다

캘리그라피 / 보나 강경희

사랑은
삶의반복이다

캘리그라피 / 덕천 윤종만

✿ | 사랑 그것

사랑으로 꽃은 피고
사랑이 꺼져갈 때 시든다

사랑으로 사람도 태어나고
사랑은 숨 거두는 순간까지
하나의 생명으로 붙어 다닌다

사랑은
삶의 반복이다

✿ | 이월되지 않는 사랑

사랑은
이월되지 않는다

믿음으로 적립되어
행복으로 쓰인다

사랑은
채권도 아니고
채무도 아니다
마음을 저축하는 것이다

사랑은
이울지 되지
않는다
믿음으로
적립되어
행복으로
쓰인다

캘리그라퍼 / 도래 임소연

계절같은 사랑

사랑은 그런것
갈때되면가고
올때되면 오는
계절같은 사랑이에요

사랑은 그런것
긴옷에서 짧은옷으로
무거운마음이 시원해졌잖아요
가벼운 옷에서 두꺼운 외투로
차가운마음이 따뜻해졌잖아요

계절이 바뀔때마다
반소매입고 외투입듯
자연히 받아들여지는거에요

사랑은 그런것
계절같은 사랑이에요

캘리그라퍼 / 권도연

❋ | 계절 같은 사랑

사랑은 그런 것
갈 때 되면 가고
올 때 되면 오는
계절 같은 사랑이에요

사랑은 그런 것
긴 옷에서 짧은 옷으로
무거운 마음이 시원해졌잖아요
가벼운 옷에서 두꺼운 외투로
차가웠던 마음이 따뜻해졌잖아요

사랑은 그런 것
계절이 바뀔 때마다
반소매 입고 외투 입듯
자연스레 받아들여지는 거예요

사랑은 그런 것
사랑은 계절이에요

별처럼 반짝이던
내 꿈들은 그 수많은 별들은
어디에 있을까

✳
chapter

05

달님과 별을 세고

✿ | 오리기

그림을 오려버렸다
욕심이 덕지덕지 붙어 있었거든

삐뚤어진 욕심을 오려 버렸어
처음처럼

그림을
오려버렸다
왼눈이
더저더지불어
있었거든
삐뚝어진윽눈을
오려버렸어
처음처럼

캘리그라피 / 황상용

드디어 자유다

캘리그라피 / 늘찬 조지현

✿ | 자유다

어디로 가지
어디가 끝이지
왔다 갔다만 하다
날은 새고
나한테 왜 그래

갈아탔을 때
맘 접을 때
편하게 살아
쿨 하다

드디어 자유다
야호

✿ | 별을 세고 싶은 밤

어릴 때 보았던
그 수많은 별들은
어디로 숨었나
별을 세고 싶은 밤인데

밤하늘을 장식하던
그 수많은 별들은
어디로 떠났나
별을 세고 싶은 밤인데

별처럼 반짝이던 내 꿈들은
그 수많은 별들은
어디에 있을까
별을 세고 싶은 밤인데

수많은
별들은 머리에
숨었나

별을 세고
싶은 밤인데 덕천

캘리그라퍼 / 덕천 윤종만

오늘도
풀밭에 누워
인생을
즐긴다

캘리그라피 / 이송희

✿ | 풀밭에 누워

풀밭에 누워
편한 자세로
인생을 휴식한다

하루 종일
앉고
서고
이제는 누워 본다

누워 있어도
보일 건 다 보여

그래서 오늘도
풀밭에 누워
인생을 즐긴다

✿ | 아침의 여유

아침을 깨웠더니
햇살이 문을 열고 들어온다
식탁 위 곱게 앉은 너와
수다 떠는 여유를 부린다

아침을 열었더니
햇살이 살포시 손을 내민다
눈부신 너와 손잡은 나는
세상 구경하며 달린다

아침을 즐겼더니
한 낮이 풍요롭다
신선할 때 투자한 아침의 여유가
깜깜한 밤에 가로등이 환하다

아침을 깨었더니
햇살이
문을 열고 들어온다
식탁 위 곱게 앉은
너와
수다떨 여유를
부린다

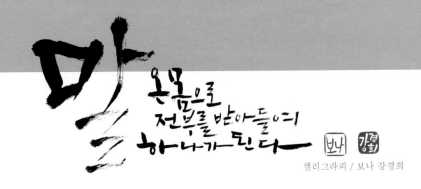

말
온몸으로
전부를 받아들이
하나가 된다

캘리그라피 / 보나 강경희

✿ | 말과 행동

믿어서는 안 될 것이 말이다
그래서 말을 믿지 않는다
오직 움직이는 행동만 믿는다

말을 내뱉고 삶을 통과할 때
지켜지지 않을 때도 많고
거짓일 때도 있지만
보이는 행동은 참이다

온몸으로 전부를 받아들여
하나가 된다

❀ | 두 개의 입

나는 글로 말하기에
사람들 앞에서 침묵한다

고개만 끄덕이며
그냥 듣는다

나는 할 말보다
쓸 말이 더 많다

나는 입 대신
손으로 말한다

나에겐
입이 두 개다

내 안의 나도
얼마나 충전중인지
확인해 주세요

❁ | 부러운 휴대폰

휴대폰은
늘 손에 꼭 쥐고
몸에 꼭 붙여놓고
수시로 충전을 확인하면서

내 상태는
왜 신경 쓰지 않나요

내 안의 나도
얼마나 충전 중인지
확인 받고 싶어요

❀ | 오늘 기분 어때

그녀와 그대는 다른 테이블에서
같은 커피로 마주한다
테이블 위의 둘 사이에 놓인 커피는
하나는 달달했고 하나는 썼다

분명 같은 커피인데
그녀의 커피는 연이은 웃음꽃 피우며
달콤함이 첨가되어 달달해 보였고
그대의 커피는 걱정과 나란히 앉아
시커먼 숯덩이처럼 까맣게 타서 쓰게 보였다

같은 공간 같은 커피
다른 생각 다른 맛
분명 같은 커피인데
오늘 기분에 따라 커피 맛도 다르다

오늘도 그녀는
커피를 맛으로 마시지 않고
기분으로 마신다

커피는 맛으로 마시는 것이 아니라
기분으로 마시는 것이다

삶은 은근한 같은 커피
나를 생각
나는 맛

캘리그라피 / 홍성열

달빛은 저녁에 밝고

여담

캘리그라피 / 여담 주재홍

✿ | 달녀

밤 새우십니까?
쓰담쓰담 포옹음

밤도 내 하루인 것을
달빛은 저녁에 밝고

밤에만 밤길 밝히는
자유로운 영혼

내일 밤에 다시
매일 밤에 다시

밤에 빛나는 그대여

✿ | 숨은 별

도심 속에 앉아 하늘을 본다
별들을 찾지만 별들이 없다
별은 오늘 밤에 뜨지 않았구나

별은 그 자리에
늘 그렇게 빛나고 있는데
오늘 밤은 숨었나 보다

숨은 별을 내 가슴에 데려와
별 밤을 무한히 세어본다
별이 내 가슴에서 빛나네

숨은 별을
내 가슴에
데려와
별 밤을 무한히
세어본다
별이 내 가슴에서
빛나네

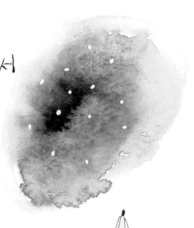

캘리그라피 / 이송희

비오는
날을
좋아하게는
비오는 날
말이야

캘리그라피 / 이송희

❋ | 비 오는 날

난 말이야
비 오는 날 말이야
바다로 가지

그 빗속에 바다에 있음
세상맛이 나거든

바다는 말이야
비수를 안은 파도가 춤을 추지
비를 맞은 나도 춤을 추지

그러니 말이야
난 비 오는 날 바다로 가지
바위에 부딪혀 개벽을 꿈꾸는
파도를 보러 파도를 품으러
바다로 가지

난 말이야
비 오는 날을 좋아하거든

난 말이야
비 오는 날 말이야
산에도 가볼 거야

✿ | 언어의 반란

너에게 가기 전에
빳빳한 종이였다

어느 날 타오르는 작은 불씨였던 문장이
뜨겁게 타올라 화상을 입히고
날카롭게 선 문장에 찔렸다

종이는
처참하게 구겨져 버렸다

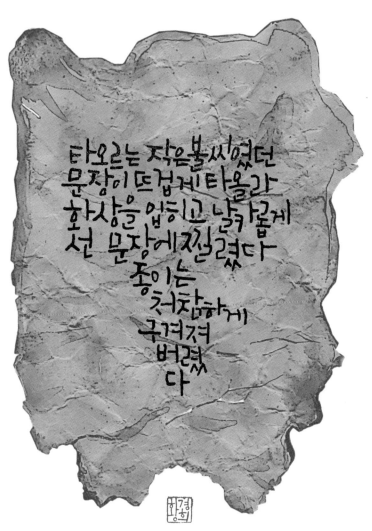

타오르는 작은 불씨였던
문장이 뜨겁게 타올라
화상을 입히고 날카롭게
선 문장에 찔렸다
종이는
처참하게
구겨져
버렸
다

캘리그라피 / 유채 황경희

딩굴딩굴

비가 부슬부슬
내립니다

쭈뻣쭈뻣

비가주르륵내립니다

여담

캘리그라피 / 여담 주재홍

✿ | 내공

비가 부슬부슬 내립니다
비가 찰박하니 내리고 좋네요
잔잔히 내리는 비에
뒹굴뒹굴

비가 주르륵 내립니다
비가 시원하니 바람을 몰고 왔네요
급하게 떠나는 비에
쭈뼛 쭈뼛

✿ | 토할 수 있는 힘

먹어선 안 될 걸 삼켰다
소화가 될 리 없다
토하고 싶다

고통스럽게 울컥 올라온다
꺼낼 수도 없다

가슴에 박혀 답답함만 호소한다
내가 삼킨 것 그 누구도 모른다
토하고 싶다

세상엔 삼킬 수 없는 일이 참 많다
삼킬 수 없는 것을 토할 수 있다면
토할 수 있는 힘이 남아 있다면
토하고 싶다

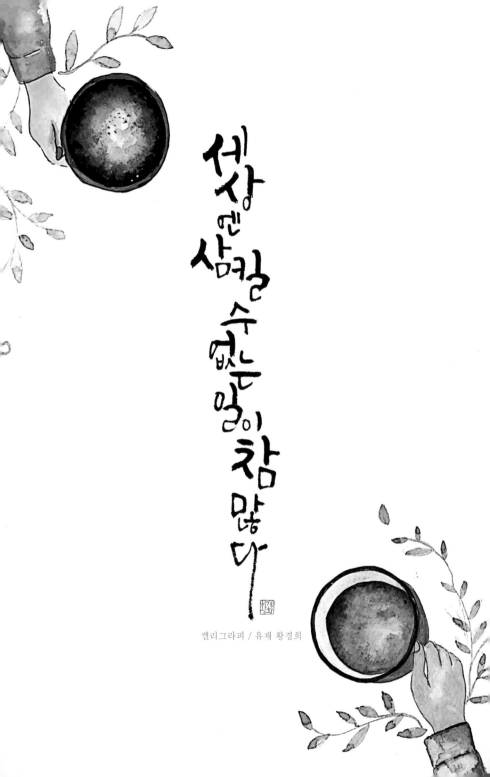

세상엔 삼킬 수 없는 일이 참 많다

캘리그라피 / 유채 황경희

자리에 맴도는
흔적까지
그대와 만든
일과를 지우고
오늘과 작별
할래요

새로운만남이
오기전에

캘리그라피 / 김윤희

✿ | 오늘과 작별

만난 지 얼마나 되었다고
벌써 떠날 채비를 하나요
아직 못다 한 말이 남았건만

자리에 맴도는 흔적까지
그대와 만든 일과를 치우고
오늘과 작별하래요
새로운 만남이 오기 전에

❁ | 비 오는 밤

톡톡톡 마음을 두드립니다
사랑스러워지는 느낌
보이지 않지만 자각이 되고
마음이 편해지는 비 오는 밤

주룩주룩 밤이 깊어갑니다
힘들었던 모든 기억
빗소리에 묻어 버리고
별도 달도 다 잊은 밤입니다

비만 오는 밤입니다

캘리그라퍼 / 박종미

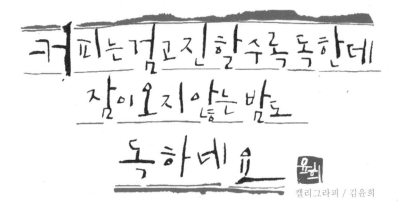

커피는 검고 진할수록 독한데
잠이 오지 않는 밤도
독하네요

캘리그라피 / 김윤희

✿ | 감정 휴지통

커피는 검고 진할수록 독한데
잠이 오지 않는 밤도 독하네요

머리에 채울수록 무겁고
감정을 달랠수록 가볍게

급한 마음부터 조금씩
휴지통에 쓰레기 버리듯이
비워 놓아야겠어요

✿ | 궁금해

뭐해?
문자 오면
네가 궁금한 거야

나 뭐해!
답이 오면
그도 궁금한 거야

궁금해
무서워

일러스트 / 사카

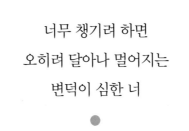

너무 챙기려 하면

오히려 달아나 멀어지는

변덕이 심한 너

✤

chapter

06

행복 속에 핀 영혼

✿ | 웃음꽃

저절로 웃음 짓는 하루
함박 웃음꽃 만들기

엄마 품처럼 포근한
행복 보따리 웃음꽃

입꼬리는 눈에 올리고
하회탈 아빠 웃음꽃

보조개는 하늘에 올리고
소망 담은 웃음꽃

사랑 듬뿍 샘솟는
가족 함박 웃음꽃

잎끝에는
자꾸 올라가고
사랑 듬뿍 퍼주은
웃음꽃
계속 샘솟는
웃음꽃

캘리그라피 / 미화담

따뜻한 마음을 가진 이웃들

정성으로 예쁘신 맘들

큰 행복

선물 받았네

려송
김영섭

캘리그라피 / 려송 김영섭
일러스트 / 소담 임충한

✿ | 나눔

아름다운 선물
나눔 한 분도
받으신 분도
훈훈한 마음
차가운 겨울
따스함으로 변하네
정말 좋다네

따뜻한 맘을 가지신 분들
정성이 너무나 예쁘신 맘들
큰 행복 하나 선물 받았네

살아가는 힘을 얻었네
정말 좋다네

✿ | 나에게 온 손님

신이 나에게
손님을 보내셨다

배신이란 이름으로
손님이 나에게 왔다
한동안 배신의 바다에서
당한 만큼 허우적거렸다

배신도 나에게 온 손님
축복이다
대접해 드릴 것을 찾았다
손님에게 정성스럽게

괴로워하거나 원망하지 않고
놓친 걸 잡으려 후회하지 않았다
손님은 오래 머물지 않고
곧 떠났다

내 마음 가져간 당신
행복하여라

내마음 가져가는 당신
행복하여라

캘리그라피 / 김윤희

바람부는
저녁이
산책하기
좋은날
함께
걸의살래요
우리
만나요

윤산쓴다

캘리그라피 / 윤산 김성철

✿ | 우리 만나요

잠자던 어둠에 달님이 길을 비추고
주인님을 따르는 그림자는 친구가 돼주고
쏟아지는 별님은 소곤소곤 말을 걸어옵니다

바람 부는 밤이 산책하기 좋아요
함께 걸으실래요
우리 만나요

❀ | 목도리가 필요하십니까?

오늘 추운가요?
목도리가 필요하십니까?
목도리가 필요하면 빌려드립니다

바람이 많이 부네요
쌀쌀하지만 딱 좋게 춥습니다

목도리가 필요하십니까?
빌려드립니다

가로등 불빛마저 울적하네요
이젠 외투가 돋보일 계절입니다

오늘 추운가요
목도리가
필요하십
니까
바람이 많이
부네요
쌀쌀하지만
딱 좋게
춥습니다

캘리그라피 / 유채 황경희

우리와 밀당을 즐기는
어태우는 간잡쟁이를
주의해

너·의·이·름·은·행·복

캘리그라피 / 김윤희

✿ | 행복

너무 챙기려 하면
오히려 달아나 멀어지는
변덕이 심한 너

관심의 눈길을 주었다가
부담스러운지 발길을 돌리는
까칠한 너

알고 싶게 만드는
일상 조각을 맞춰 모아야 하는
신비주의 너

우리와 밀당을 즐기는
애태우는 고집쟁이
주의해

너의 이름은
행복

❀ | 좋은 커피

좋은 커피는
그대를 데려옵니다

좋은 향기는
내 마음을 훔쳐 갑니다

좋은 사랑은
그 시간에 머물게 합니다

좋은곳
커피향은
그대를
좋은곳으로
시간을
태워
데려옵
니다

캘리그라피 / 유채 황경희

예쁜
꽃 한 송이로
사랑을 느끼고
사람을 더욱
아름답게 한다

사랑을 담아
기쁨을 주고 곧 죽지만
맘속 깊이 파고들어
살아 숨쉰다

일러스트 / 사카

✿ | 꽃

어여쁜 꽃 한 송이로 사랑을 느끼고
그 꽃은 사람을 더욱 아름답게 한다

사랑을 담아 기쁨을 주고 곧 떨어지지만
맘속 깊이 파고들어 가슴에서 살아 숨 쉰다

아! 좋다

❀ | 봄아 어서 와

어느새 봄이 문 앞에
봄아 어서 와

눈으로 먼저 맞이한 봄
감상만 해도 행복한 봄
예쁘다 봄아

아름다운 봄꽃 방문에
그대 오는 길이 행복하다

어느새 봄이 문앞에
봄아 어서와

캘리그라피 / 김윤희

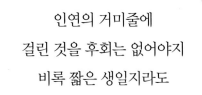

인연의 거미줄에
걸린 것을 후회는 없어야지
비록 짧은 생일지라도

✤

chapter

07

인연의 꽃

✿ | 뜬금

누가 더 불행할까
여자는 경력 단절
남자는 친구 단절

인생이 쌓인다
흥미롭네

누가 더불행할까~
여자들 경력단절
남자들은 친구단절

인생의 싸운다

품이롭네

캘리그라피 / 박종미

흑심을품고
살아가기에
속임수는
달콤하지
조심해

여담

캘리그라피 / 여담 주재홍

✽ | 흑심

샤프에 심은 머리
샤프심을 염색한들
검은 속은 못 속여

흑심을 품고 살아가기에
속임수는 달콤하지
조심해

사랑해라고 흑심으로
넌 항상 나한테만 쓰고
난 항상 너이기에 속지
속임수일지라도

✿ | 인연

바람이 스며들면
인연을 만들어
그리고 뒤집어

인연을 뒤집으면
연인

바람이
스며들면
인연을 만들어
그리고 뒤집어
:
인연을
뒤집으면
연인

캘리그라피 / 유채 황경희

무섭게 까만 밤기운으로
얼어버린 그대
통으로비춘 빛으로
조금씩 그대를
녹이겠습
니다

캘리그라피 / 김윤희

✿ | 얼어 버린 그대

까만 밤기운
무서운 그림자에
얼어 버린 그대

틈으로 비춘 달빛으로
조금씩 그대를
녹이겠습니다

❋ | 1센티 착각

1미터 간격 유지
올바른 사이 10센티
딱 붙어 있었다

나의 매력 터짐
1센티 딱 붙어 있다
나의 매력에 풍덩

나의 1센티 매력에
너 중독되어 낚였다

나의 매력에 푹덩

캘리그라피 / 초우 전신주

추락하는 것은
분명 이유가 있겠지
인연의거미줄에

걸
리
는
것을
비록
짧은 생일지라도
후회는
없어야지

캘리그라피 / 유채 황경희

🌸 | 인연의 거미줄

추락하는 것은
분명 이유가 있겠지

인연의 거미줄에 걸린 것을
후회는 없어야지
비록 짧은 생일지라도

거미줄 타고
하늘을 날 수도 있기에

✿ | 빛이 나는 꽃

빛이 나는 꽃이 내가 아니다
매일 살피고 물을 주는
네가 꽃이다

빛이 나도록 곁에서 지키는
네가 그 빛이다

뿌리는 썩지 않는다
네가 있기에

네가곧빛이다

✿ | 너와 함께

너와 함께
밤하늘의 별을 세고 싶어요

어둠의 도움 받아
힘차게 날아올라
달님과 속삭이고 싶어요

밤으로 초대한 손님
하나, 둘, 셋, 넷, 다섯, …

너와 함께
짝을 지어 세고 싶어요

너와 함께
노오란 미소 속에서 짝이 되어
빨갛고 수줍은 밤이고 싶어요

캘리그라피 / 보나 강경희

필요한
곳에서
곳 빛나게
살자

캘리그라피 / 초우 전신주

❀ | 인생길 함께 하는 사람

필요한 곳에서 빛나게 살자

내가 필요할 때 없는 사람
나를 필요로 하는 사람

좋을 때 나와 함께 하는 사람
힘들 때 나를 떠나는 사람

우연은 우연히 만들어지는 것인가
좋은 사람으로 만나 인연에 공들여
그리운 사람으로 남자

행복은 모르게 스며들어
자리 잡지 못하면
모르게 가버리네

인생길 함께 하는 사람이 있다면
소중한 행복이리라

✿ | 그런 사람

물음표 남기는 사람 사절
느낌표 남기는 사람 환영

나를 찾아준 사람
나를 키워주는 사람

내가 더 나로 변해가게 해주는 사람
나이 먹을수록 편한 사람

그런 사람
그런 사람 만나기까지

내가 더 사랑스런 행동을 하도록 해주는 사람
일주일에 일곱 번 만나고 싶은 사람

당신은 그런 사람입니다
당신은 이렇게 소중한 사람입니다

물음표 남기는 사람사절
느낌표 남기는 사람환영

나를 찾아준 사람
나를 키워주는 사람

내가 더 나로 변해가게 해주는 사람
나이며를 두록 편한 사람

그런 사람
그런 사람 만나기까지

내가 더 사랑스런 행동을 하도록 해주는 사람
일주일에 일곱번 만나고 싶은 사람

당신은 그런 사람입니다-
당신은 이렇게 소중한 사람입니다-

캘리그라피 / 박종미

인상이 참좋은 사람
편안해 보이는 사람
우산같은 사람
넌 이런 사람

캘리그라피 / 늘찬 조지현

❋ | 넌 이런 사람

인상이 참 좋은 사람
넌 이런 사람

편안을 주는 사람
넌 이런 사람

내 길에 들풀 같은 사람
넌 이런 사람

우산 같은 사람
넌 이런 사람

넌 이런 사람
그래서 참 좋은 너

너와 함께
밤하늘의 별을 세고 싶어요

어둠의 도움 받아
힘차게 날아올라
달님과 속삭이고 싶어요